LE CHAPEAU DE MONSIEUR FREUD

Paru dans Le Livre de Poche :

La Partie de dames

Qui est là ?

NATA MINOR

Le Chapeau de monsieur Freud

ROMAN

GRASSET

ISBN : 2-253-11770-6 – 1re publication – LGF
ISBN : 978-2-253-11770-4 – 1re publication – LGF

Freud aimait ce moment où, ayant franchi la porte palière, il mettait son chapeau. L'avoir ainsi, posé sur sa tête, signifiait sans conteste le fait qu'il était bien sorti de chez lui.

Il eût été plus logique, sans doute, de s'en coiffer une fois dehors dans la mesure où il arrivait qu'il ait à l'enlever à plusieurs reprises pour saluer ceux qu'il croisait dans l'escalier. Mais ce matin il n'avait croisé personne, il n'avait eu à saluer personne, le jour s'annonçait sans civilités.

Il respira profondément, l'air embaumait le seringa, la rue était ensoleillée et vide, le temps se prêtait à la promenade et l'envie lui prit de faire des moulinets avec sa canne. Oui, vraiment, tout semblait parfait, une belle journée sans obligations, rien ne le retenait, il avait tout son temps, son épouse et Minna ne seraient de retour que demain. Il les imagina en route pour Bellevue, la saison n'avait pas commencé mais il fallait s'y prendre à l'avance pour réserver les grandes chambres avec vue ; ils avaient beau s'y rendre chaque été, mieux valait s'assurer que tout s'y déroulerait selon leurs souhaits.

Un joli temps vraiment, il n'aurait pas à rentrer déjeuner, il prendrait son repas dehors, à une terrasse peut-être, si le ciel demeurait aussi serein. D'un pas léger, disons élastique, il parvint au bas de la rue. Sa démarche était aisée, son complet printanier d'un joli beige écru avait le poids d'une plume, mais voilà que quelque chose le gênait, oh, peu de chose, il porta la main à son front, son chapeau avait glissé, était descendu sur son sourcil gauche. D'une chiquenaude, il le rejeta en arrière, fit encore quelques pas et de nouveau le chapeau glissa sur son front. « Curieux, pensa-t-il, curieux ! »

De l'autre côté de la rue, sur le trottoir d'en face, accorte et rondelette, Frau Emmy venait à sa rencontre :

— Guten Morgen, Herr Professor.

— Guten Morgen, gnädige Frau.

Et Freud s'inclina, profitant d'avoir à la saluer pour regarder à l'intérieur de son chapeau.

Ce qu'il vit le stupéfia : à la place de son nom inscrit en toutes lettres, il y avait sur le bandeau deux initiales inconnues, inattendues et qui l'obligèrent à conclure que ce couvre-chef n'était pas le sien. Il l'avait pourtant pris sur la patère, tout à l'heure, aucun autre chapeau ne s'y trouvait ! Mais alors ?

Il chercha à se remémorer les visiteurs de la veille : en dehors de ses patients, d'un livreur venu porter une commande et du laveur de carreaux, personne ne s'était présenté, personne, en dehors des patients, n'avait eu de raison de se découvrir. Il fallait conclure à un acte manqué. Auquel de ses patients masculins de la veille pouvait-il l'attribuer ? Un acte manqué de taille qui allait donner matière à une superbe interprétation où figureraient, en une sentence, l'erreur, le chapeau et tous leurs aléas. Lequel d'entre ses patients avait-il commis la bévue de prendre sur la patère le chapeau de Freud à la place du sien ?

Toujours sur le trottoir, le chapeau à la main, les yeux fixés sur les initiales, il essayait de se représenter auquel de ces hommes vus la veille elles correspondaient : Anton Stern, Adolf Stein, Armel Sonnenstein ? Mais non, aucun des deux premiers ne portait de chapeau semblable, quant à Sonnenstein il avait une tête minuscule. Arnold Schoenberg ? Ridicule, il n'était pas son patient et d'ailleurs il ne le connaissait même pas.

Il allait remonter à l'appartement, voir sur la patère si son chapeau à lui n'y était pas, dissimulé par quelque houppelande. Minna et Martha étaient parties tôt ce matin, il ne saurait donc pas à qui elles avaient ouvert la porte hier. Oui, il devait se résigner à remonter. De toute façon il ne pouvait décemment rester ainsi tête nue.

Aucun chapeau n'était sur la patère, seul un parapluie y était accroché qui lui fit se dire qu'un radieux soleil l'attendait, imposant presque le port d'un panama. « Pourquoi pas, après tout. » Il ouvrit le placard, sortit le panama de son carton et referma la porte, se faisant la réflexion que c'était là un geste gratuit qui ne compensait pas la disparition de son chapeau. Mais enfin ? Il fit un effort, se revit la veille sortant vers les 9 heures, après le dîner, allant, comme tous les lundis, jouer aux cartes chez les von Bülow.

Il y avait là les amis habituels. Les initiales ne pouvaient convenir à aucun. Eût-ce été le cas, le coupable serait aisément identifié. Mais non ! il fallait être au moins deux pour une telle substitution : « Tu prends mon chapeau et sans m'en apercevoir, je prends le tien, ou encore celui d'un tiers », mais alors l'affaire se corse, devient une histoire infinie. Non, restons-en à deux protagonistes, l'acte manqué est alors partagé, il est *double*. Ce dernier mot déclencha une petite sonnerie, à peine audible. Sur le moment il n'y prêta pas attention mais songea à un livre qu'il venait de lire, un livre étrange, plein de sens caché. Qu'était-ce donc ? Il s'en souvenait à peine, curieux oubli ! Il y avait dedans une histoire de chapeau qui se répétait tout au long du récit et ajoutait au malaise, de cela il était sûr. Cependant les détails, les péripéties et même le thème s'étaient effacés comme si on y avait passé une gomme, laissant subsister une trace indéchiffrable. Comme si « on » ? Comme si *lui-même* y avait passé une gomme.

Il restait ainsi devant le miroir à se regarder coiffé du panama, essayant de rassembler ses souvenirs, ne pouvant se détacher d'une image que lui avait évoquée sa lecture : un chapeau retourné comme présenté par deux mains invisibles, portant à l'intérieur de la coiffe le nom du chapelier et là, sur le galon qui le cerclait, deux initiales effacées par l'usure.

On sonnait à la porte, il tressaillit : dans la pénombre du palier, un homme se tenait devant lui qui lui tendait un chapeau. Les quelques mots que lui adressa l'inconnu, un serviteur apparemment, le renvoyèrent des siècles en arrière et il reconnut, ou crut reconnaître les paroles figurant dans le livre, celui-là même dont il cherchait à se souvenir et que l'oubli avait gagné :

— Voici, dit l'homme. Je suis chargé de vous faire savoir qu'il n'a pas porté votre chapeau car il s'est immédiatement aperçu de la substitution. Il espère seulement que le sien ne vous a pas occasionné de migraine.

Qui vous envoie ? voulut-il demander. Mais son malaise était tel qu'il dut s'appuyer au chambranle de la porte et ne put que bredouiller une formule de politesse… L'homme salua et s'engagea dans la cage de l'escalier. Il voulut le rappeler et c'était comme dans un méchant rêve, les mots restaient collés dans sa bouche, quelque chose en sortit avec un vilain son. Il courut à la fenêtre, se pencha, mais l'homme avait disparu. Seul parvenait le bruit des sabots d'un cheval et d'un fiacre qui s'éloignaient.

Une petite douleur lui serra les tempes, insistante, martelante, qui semblait battre la mesure des paroles entendues : *Il souhaite seulement que le sien ne vous ait pas causé de migraine.* Eh bien si, justement ! Pas le chapeau bien sûr mais cette phrase, ce bon vœu envoyé par ce « il » qui ne demandait rien, pas même la restitution de son propre chapeau. Le mouvement normal eût été de le donner au commissionnaire, il n'y avait pas même songé, tout avait été si rapide ! Le commissionnaire aurait d'ailleurs pu le réclamer poliment, avec égards, mais voilà, il n'en avait rien fait. Et maintenant, deux chapeaux identiques, flambant neufs, stationnaient l'un près de l'autre sur la table de l'entrée.

La clochette d'un tramway tinta dans la rue et il se revit, quelques instants plus tôt, marchant gaiement sur le trottoir ensoleillé, goûtant à l'avance la belle journée qui s'annonçait, longeant les allées fraîchement arrosées des jardins du Belvédère et tout lui parut éloigné, inatteignable, audessus de ses forces.

Non, il n'était plus question de sortir et encore moins d'oublier l'incident. Il s'agissait de comprendre, récapituler, procéder par ordre.

La veille il était donc allé chez les von

Bülow faire sa partie de cartes hebdomadaire avec ses partenaires habituels : Mme von Bülow, Julius Schnitzler, Max Schur, le professeur S. Il avait déploré l'absence de la charmante épouse de ce dernier. Ainsi, à l'exception de leur hôtesse, laquelle de toute façon ne portait pas de chapeau d'homme, les initiales de ces messieurs comportaient toutes un S, toutefois le prénom d'aucun d'eux ne commençait par un A.

A.S. ? Dans quelles circonstances aurait-il croisé un A.S. ? Il revit la table de jeu, la belle suspension avec son abat-jour d'opaline verte qui dispensait une lumière tamisée. Il passa en revue les têtes de chacun des amis présents : Max Schur, craignant les courants d'air, avait gardé son couvre-chef pendant toute la soirée. On avait beaucoup ri en découvrant dans son jeu une carte blanche, on l'avait même accusé de l'avoir tirée de son chapeau ! Le professeur S., se rendant à une soirée, s'était débarrassé en entrant de son élégante cape noire et de son haut-de-forme. Freud se représentait avec un petit picotement de jalousie le salon étincelant dans lequel, quelques heures plus tard, le professeur retrouverait la délicieuse Yvette ; il l'imaginait se frayant un chemin à travers le groupe des admirateurs pour aller baiser la main gantée de son épouse avant qu'elle n'entame son tour de chant. Freud, qui n'aimait pas l'opéra et qu'aucune soprano, mezzo-soprano ou contralto, ne parvenait à émouvoir, était sensible à cette voix un peu enrouée, glapissante par moments, de la très rousse Yvette Guilbert, à la façon dont elle distillait les mots plutôt qu'elle ne les chantait, tandis que ses bras minces, gantés jusqu'aux aisselles, traçaient des arabesques.

Enfin, il avait beau envier S., ce n'était pas avec lui qu'il avait procédé à cet échange de chapeaux. Restait Julius Schnitzler… Lequel était parti le premier ? Oui, il se souvenait, c'était lui, Freud, qui était sorti avant, il avait proposé à Julius de faire un bout de chemin ensemble mais celui-ci avait préféré s'attarder auprès de leurs hôtes, discuter du dernier concert, boire encore un verre de schnaps et Freud était parti seul. C'était donc à lui que revenait l'acte manqué.

Rien d'étonnant à cela. Le souvenir de Julius Freud, son frère cadet, né pour mourir aussitôt, mais dont le bref passage avait tant irrité ses jeunes années, était sans doute en éveil, toujours prêt à surgir. « Si tel est le cas, pensa Freud, la substitution est de mon fait : pas de chapeau pour Julius, c'est moi qui suis né coiffé, c'est pas mon frère. » La formulation l'étonna, lui parut boiter, ce n'était pas ainsi que l'on disait, comment disait-on ?

Mais pourquoi le docteur Julius Schnitzler aurait-il eu un chapeau portant des initiales autres que les siennes ? L'aurait-il acheté d'occasion chez quelque fripier ?

L'aurait-il emprunté à un autre, échangé, sans s'en apercevoir, avec son voisin de restaurant, au café, à l'hôpital ? Il ne se serait pas aperçu non plus que le chapeau dont il s'emparait dans le vestibule des von Bülow n'était pas le sien, un peu trop de schnaps peut-être ? Il s'était donc trompé deux fois ! « Double acte manqué pour Julius, un seul pour moi. »

Debout devant le miroir de l'entrée, Freud surprit son reflet : toujours coiffé du panama, il tenait à la main son chapeau et lisait à voix haute la phrase dite par l'inconnu. Elle était là, devant ses yeux avec la précision des lettres imprimées. Oui, c'était bien ainsi : la phrase entendue était vue. Elle reprenait, sans virgules, les paroles récemment lues dans le livre oublié. Livre ambigu, déplaisant, où des voyageurs inquiets suivaient un guide femelle. Femelle ! Quelle expression ! Disons plutôt : où des voyageurs médusés suivaient une magicienne vieille de 2 000 ans.

« Absurde », il eut un geste d'impatience, il s'agissait bien de ça, il confondait l'histoire du chapeau avec un autre livre d'une noirceur sans égale… et dans celui-ci qu'auraient-ils fait d'un chapeau ou même d'un panama pendant leur équipée dans des cavernes enténébrées ? ! Non, dans le livre oublié, moins romanesque, plus glauque, il s'agissait de quelque chose de diffus, de sournois, très proche d'une certaine réalité que le chapeau, comme symbole, ne recouvrait pas ; pas complètement en tout cas.

Il retira le panama, l'accrocha et posa son chapeau sur la table, sous le miroir, après l'avoir examiné une fois de plus. Encore heureux qu'il n'ait pas perdu ce cadeau que Minna et Martha avaient mis tant de soin à choisir et qu'elles lui avaient offert ce 15 mai en rappel délicat de ce qu'il était né coiffé. Mais non ! voilà qu'il se trompait de nouveau ! Le 15 ce n'était pas lui, c'était un autre, son anniversaire à lui c'était le 6. Pourtant le 15, il avait écrit une lettre de vœux. A qui ? Pas à lui-même bien sûr !

Maudite coutume que d'avoir à écrire ainsi à des étrangers. A des « autres ».

Il était toujours dans l'entrée à fixer son reflet, sans regarder, sans se voir. Sa pensée tournait maintenant autour de cette lettre. Quand l'avait-il écrite ? Ce mois-ci ? L'an dernier ? Pourquoi ne remontait-il pas dans son bureau, en cherchant il retrouverait le brouillon, le double. Il sentit qu'il différait, retardait le moment. Il fit un effort et quitta le vestibule.

Pénétrer dans son bureau ne lui procura pas le même sentiment que d'habitude. Généralement, il lui suffisait d'en franchir le seuil pour ressentir un grand bien-être, une satisfaction paisible. C'était toujours un moment de félicité, de retrouvailles, tous ses objets étaient là pour l'accueillir, il en aimait la présence, l'odeur, la couleur. Chacun avait une histoire, un passé. Pour chacun il se souvenait de la provenance, de tout ce qui en avait précédé l'acquisition, les circonstances et les paroles qui en avaient accompagné le présent.

Un rayon de soleil oblique éclairait un coin de l'étagère, faisait chatoyer la petite tête en jaspe de la déesse Tanit, avec ses minuscules cornes et son sourire énigmatique, ce sourire très particulier de certaines femmes. De certaines, seulement ? En fait, toutes l'avaient mais le maquillaient, le dissimulaient et on se laissait tromper. Et pourtant il arrivait que l'on se dise : « *Ce petit masque-là laisse augurer un sens caché.* » Oui, oui, déjà à 20 ans il s'était dit cela en regardant les dames de Trieste faire leur promenade du soir. Il les observait de loin, ça le distrayait de l'anatomie des anguilles. Quand on pense ! Il en disséquait par centaines en quête d'organes mâles introuvables. Et son vénérable maître Claus s'obstinait : « Quand on cherche, on trouve. » En vain ! A la fin du stage les anguilles étaient toujours du sexe faible. De ces dames, de ces anguilles, il avait fait une description illustrée à son camarade Edouard. Mais si, en ce temps-là, les dames représentaient pour lui une curiosité, l'énigme c'étaient surtout les anguilles : le professeur Claus les voulait hermaphrodites, tout en une ! Au fond, il les voulait impériales, comme César. Désir bien légitime après tout pour qui cherche la vérité.

A y réfléchir, les femmes les moins mystérieuses sont les femmes au rire franc, gourmand, vorace même. Avec celles-ci tout est plus simple, la demande est inscrite noir sur blanc.

Noir sur blanc ? Comme une écriture sur une page blanche ? La lettre, non, le double, était certainement là, dans le tiroir, enserrée dans le classeur. Il suffisait d'ouvrir.

Pourquoi était-il si hésitant, que redoutait-il ? Tout semblait se bousculer, le chapeau échangé, le sourire des femmes, la déesse Tanit et sa lèvre retroussée et maintenant la lettre, une lettre de vœux, de bons vœux, noir sur blanc en effet, soigneusement rangée dans le classeur :

> *« Très honoré professeur... Je vais vous faire une confidence que je vous prie de garder pour vous. Je pense que je vous ai évité par une sorte de crainte de rencontrer mon double... En me plongeant dans vos splendides créations, j'ai toujours cru y trouver, derrière l'apparence poétique, les hypothèses, les intérêts et les résultats que je savais être les miens. »*

Dieu du ciel ! Qu'est-ce que cela voulait dire ? Comment avait-il pu abandonner ainsi sa plus intime prudence et qui plus est devant cet homme-là : un dandy, un collectionneur de grisettes, de choristes ! Qu'y avait-il de commun entre eux, entre lui, Freud, et cet Arthur Schnitzler, pour ne pas le nommer ? Un grand écrivain en effet, incidemment médecin.

Incidemment, oui, tout à fait ! Il l'avait écrit ! Un mot malheureux, peut-être ? Mais il n'y avait là rien de faux. Ils étaient confrères, c'est vrai, ou du moins l'avaient-ils été. Ils avaient eu les mêmes maîtres, certes, mais de là à prétendre, comme d'aucuns l'avaient fait, que les sujets de leurs thèses étaient identiques, ça non ! Il y avait un malentendu à dissiper : le langage ce n'est pas le chant. Heureusement ! Une parole qui s'absente n'a rien à voir avec une voix perdue ! Il se redit combien il détestait l'opéra, sauf Mozart, bien entendu. Ceci dit les vocalises de la Reine de la Nuit lui étaient définitivement insupportables. Ainsi, il avait toujours évité ces chanteuses en détresse qui se bousculaient aux séances publiques d'hypnose qu'Arthur pratiquait. Mais que de scandales devant tout ce déballage. Toute la Vienne valseuse et pâtissière s'y rendait, puis s'offusquait ; quant à la renommée elle enflait à l'aune du scandale, et la carrière se faisait toute seule. Non, pas toute seule, le papa était là, derrière, avec sa polyclinique, son invention : l'irrésistible laryngoscope, ce miroir de la voix. Aristocrates, comédiens, chanteurs venaient y mirer leurs gorges endolories, leurs cordes vocales sans timbre et lui laissaient en dépôt leurs plus intimes secrets. Alors inutile de pousser les portes, elles s'ouvrent toutes seules et sans grincer. Rien à dire pour Julius, un travailleur, un convaincu, mais l'autre ! Tout jeune déjà il jouait au blasé. « *Oh*, disait-il à qui voulait l'entendre, *mon comportement vis-à-vis de la médecine est indécis, flottant, tantôt plein de répulsion, tantôt touché jusqu'au plus profond de mon être… mon intérêt pour les maladies mentales s'adresse à ce qu'elles ont de poétique, ou du moins de littéraire…* »

Médecine, poésie, littérature, lorsque tout cela peut nourrir le corps et l'âme, pourquoi résister ? On met de côté ses répulsions.

« Digression – pensa-t-il – tout cela ne dit pas qui est l'inconnu qui rapporta mon chapeau, ni qui l'a envoyé me dire cette phrase incongrue ? Le plus raisonnable serait de voir Julius, comprendre, savoir qui a mandé cet homme : un commissionnaire sans doute, un de ces sans-travail que l'on emploie contre une menue monnaie. »

Il essaya sans y parvenir de se représenter le visage de l'inconnu. S'interposait alors un autre visage lointain, étrange, aussi glabre, aussi nu et qu'il ne parvenait pas à situer.

N'empêche que l'homme de tout à l'heure avait une certaine allure, un certain style et une intonation très particulière dans la voix. « La voix ! Et qui s'occupe des voix, je vous le demande ? »

Que n'y avait-il songé plus tôt ! La phrase n'avait pas été dite, elle avait presque été chantée, oui, presque. Quand l'inconnu avait prononcé le mot « migraine », en français d'ailleurs, la voix s'était comme étirée puis cassée après le « mi ».

Voilà, voilà, il y était, ce ne pouvait qu'être Arthur qui lui avait envoyé un de ses anciens patients, encore un de ces malheureux à la voix mutilée, ayant perdu tout emploi et désormais au service du bon docteur qui au lieu de se contenter d'écrire se mêlait de fouiner, d'explorer les profondeurs, toutes les profondeurs de la gorge à l'âme, avec pour seules armes, la séduction et le miroir du papa !

« Mais alors Julius ? Que faisait-il avec le chapeau de son frère ? Sans doute celui-ci le lui a-t-il prêté un soir de pluie pour le protéger des gouttes. Mais pourquoi l'a-t-il confondu avec le mien ?... Au fait, qui a confondu ? On dirait bien que je tiens à oublier que c'est moi qui suis parti le premier ! Si Minna avait été là, je lui aurais demandé de faire porter un bouquet à la dame. Quelle dame ? La dame de qui ? Et combien de dames peut-il y avoir ? N'y en a-t-il qu'une ? On raconte... Mais au diable ce qu'on raconte et pourquoi des fleurs ? Cette histoire de fleurs est ridicule ! Il faut envoyer un mot, trouver une formule spirituelle, un *wit*, comme par exemple : *"Non seulement nous sommes concitoyens, juifs, confrères, ayant eu les mêmes maîtres, ayant les mêmes détracteurs, les mêmes amis, des intérêts voisins, mais voici que comme Castor et Pollak, nous nous abritons sous le même couvre-chef !"* Non. Impossible. Ce bon mot je l'ai déjà utilisé, en tout cas on me l'a prêté. Bizarre ! bizarre ! A moins que ce ne soit pas de moi que l'on parlait. Il y a comme ça des malentendus, on peut se sentir concerné, blessé même, par quelque chose qui ne vous est pas adressé et qui peut faire mouche au cours d'une lecture ou d'une conversation. Parfois l'autre s'en aperçoit : "Ce n'est pas pour vous que j'ai dit ça." Trop tard, le mal est fait.

« Enfin, il me faut trouver autre chose. Je ne peux pas ignorer qu'entre lui et moi il a placé un messager, il n'est pas venu lui-même. Il a mis une distance, oui, et pas mis mon chapeau.

« Intéressantes ces histoires de messages. Dans ses romans chacun de ses personnages en transmet, et de funestes ! Mais généralement il utilise des messagères, des femmes comme trait d'union, ou comme agent de transmission. D'ailleurs, à propos de transmission, il raconte lui-même des petits accidents dont tout Vienne fait des gorges chaudes.

« C'est ça, je me souviens : une frasque

de jeunesse, cette histoire de choriste tirée au sort. Donc lui et son ami Edouard... non, Raoul, ont l'élégance de tirer la jeune choriste au sort. C'est Arthur l'heureux gagnant mais voilà qu'il se souvient, car tout se sait à Vienne, du nom du protecteur, un riche aristocrate hongrois très vilainement atteint. Il passe galamment la main dans le cou de la demoiselle, découvre un ganglion suspect, et vite détourne la malédiction en cédant sa place à Raoul qui, malheureusement, n'a plus rien à craindre.

« Le combat de deux hommes à cause d'une femme peut être aussi acharné qu'on voudra. Il y a toujours un moment où ils sont comme de chaque côté d'un abîme, prêts à se tendre la main. »

« Drôle de façon de se tendre la main, ou plutôt de la faire tendre par son semblable. Je ne sais quand il a écrit, disons, cet aphorisme, ni s'il en a vu la relation avec l'incident peu glorieux qu'il s'amuse à raconter.

« Oui, il est plein d'anecdotes. Il les cite, les raconte sans vergogne. Il les écrit, il s'en inspire. La malédiction, comme dictée par la présence invisible d'un Autre prestigieux, est toujours transmise au héros par le biais de la femme. Ah, son papa ne le laisse pas en paix.

« Enfin... A Vienne, comme dit mon bon ami Sachs, les mots sont utilisés comme des pièces de monnaie que seul un fou prendrait pour paiement.

« Toujours est-il que ce sont les femmes qui portent les plis. En ai-je jamais reçu ? Pas à ma connaissance et pourtant ! Dans un article sur mon *Interprétation des rêves* on prétend que c'était cela que je cherchais au fond de la gorge d'Irma : un message ! Et, qui plus est, de mon ami Wilhelm. Mais Irma, ce n'était qu'un rêve et de toute façon je me suis réveillé avant. Avant quoi ? Oui, oui, c'est ça ! Avant qu'elle m'ait tout dit.

« Il est bien vrai que les femmes recèlent un mystère qu'au fond nous ne voulons pas connaître, enfin pas complètement. Est-ce pour cela que je vouais Martha au silence, que je lui écrivais *"petit ange délicat aux deux douces lèvres qui ne voulaient pas rester closes et qu'il fallait fermer par des baisers..."* ? Est-ce pour cela que je la voulais scellée et muette comme Cordélia ? Seulement Cordélia n'était pas muette, à la question sur ce qu'elle avait à répondre au vieux Lear, elle a répondu "Rien". *"Tant est que rien n'est jamais rien, mais lettre de refus d'un inatteignable."* Où ai-je lu cette phrase, ça non plus je ne m'en souviens pas.

« Et qu'est-ce qui m'arrive ? Eh bien, un embarras à cause de ce chapeau ou plutôt de ce message. Est-ce là une réponse à ma lettre de vœux ? Une manière de me dire que cette histoire de double ne le concerne pas ?… “Votre chapeau, je ne m'en suis même pas coiffé.” Mais ce serait une façon très grossière de me renvoyer à moi-même. Arthur Schnitzler est, malgré tout, un homme bien élevé. Dans la lettre d'anniversaire qu'il m'a adressée, il est d'une parfaite courtoisie, sans allusion aucune à ma confidence, comme si, se conformant à ma demande de n'en parler à personne, il avait poussé la discrétion jusqu'à l'oublier. »

Freud leva les yeux, rencontra le visage de la petite Tanit, le rayon de soleil ne jouait plus sur ses lèvres. Depuis combien de temps était-il dans cette pièce assis devant sa table à ruminer ? Bientôt le jour baisserait, demeurerait cette histoire de supposé message. Y avait-il jamais eu quelque chose d'aussi troublant ? Quelque objet, un billet, une parole ? Les patients, surtout les femmes, lui envoyaient parfois des notes sibyllines. Ainsi Dora avait manifesté à travers un cadeau un sentiment dont il n'avait pas bien saisi la teneur : un napperon au point de croix figurant un cygne noir. *Point, croix, cygne ?* Quoique cygne noir, ou signe noir en français, pouvait amener des associations intéressantes… Seulement voilà, Dora ignorait tout de cette langue. A moins que *Schwan* n'ait mené à *Schwanz* ? Mais Dora était incapable d'une telle vulgarité. Enfin, il avait donné le napperon à Martha. Elle avait apprécié la broderie.

Rien de troublant à tout ça. Cependant, aujourd'hui, c'était autre chose ! Quand, dans sa vie, avait-il reçu un tel message ? Transmis par un tiers ? Qui dans sa vie lui avait-il fait vivre de telles émotions ? A part Wilhelm, il ne voyait personne. Mais est-ce que Wilhelm avait recours à des tiers pour s'adresser à lui ?

« Oui, dans son cas c'était peut-être arrivé une fois. Oh, un message anodin et qui me disait ce que je savais déjà, à savoir que Wilhelm était distrait. Il fallait vraiment qu'il le soit pour oublier une compresse de cinquante centimètres dans la cavité nasale d'Emma, notre malade commune. Il pratique l'intervention vite fait bien fait et s'en va. Quand, après des semaines, tout s'infecte, suppure et que la pauvre jeune fille est au plus mal, c'est moi qu'on appelle. Oh ! Je n'ai pas vu toute l'extraction, non, j'ai eu un étourdissement et l'impression que cette compresse n'en finissait pas de se dérouler. Quelle scène pénible ! Toutefois, s'il y avait vraiment un message, l'ai-je bien déchiffré ? Que Wilhelm l'ait déposé dans cette cavité est étrange.

« Quand j'y pense, les héros de Schnitzler déposent eux aussi des messages funestes au creux des femmes, qu'elles accueillent souvent avec une certaine... complaisance, disons. Ainsi l'histoire de cet *Homme sensible* amoureux d'une cantatrice qui venait de perdre la voix : badigeons, gargarismes, rien n'y faisait. Au dixième spécialiste le verdict tomba : "Prenez un amant !"

« Chose prescrite, chose faite et l'homme *sensible* est convoqué. A peine revenu de toutes les félicités il s'entend révéler l'ordonnance. En apprenant de la bouche de sa belle qu'elle l'a absorbé en guise d'aspirine, l'homme meurt sur le coup. Et toute cette tragédie parce que l'absence d'homme dans son lit, à cette dame, lui avait fait perdre le contre-ut !

« Incroyable ! une mort pour une voix ! Passe encore une mort pour une vie, mais pour une voix ! Non ! Décidément, en dehors de Mozart... quoique la Reine de la Nuit, disons, me fatigue. Ces outrances, ces emportements, ces voix de femmes et leurs vocalises dont on ne sait pas où elles vont, où elles s'arrêtent. Et dire que c'est justement pour ces vocalises qu'elles sont prêtes à sacrifier leur prochain ! Quoique, dans cette affaire, la dame n'ait jamais été qu'un maillon de la chaîne. Ici, ce fut le laryngologue qui énonça le diktat.

« Et voilà que ça me fait me souvenir du Dr. Chrobak et de cette patiente qu'il m'avait adressée avec comme recommandation :

Penis normalis
dosim repetatur.

« A l'époque j'avais été outré. Aujourd'hui encore je trouve ça cavalier de prescrire l'adultère à une dame, même s'il y a des circonstances atténuantes !

« Mais si dans le cas du monsieur sensible, la prescription a joué le rôle d'un message funeste et que devant le diktat du tout-puissant docteur le pauvre homme s'est trouvé obligé de fondre comme un cachet, dans le cas de la patiente du Dr. Chrobak personne n'est mort. Du moins je ne le pense pas. Je n'ai jamais revu la dame, ni su si elle avait appliqué la recommandation. Peut-être a-t-il suffi d'une fois, d'une unique faiblesse, suivie d'une confession au mari et, d'une pierre deux coups, peut-être lui aussi a-t-il été guéri ? L'idée de rencontrer le tiers fâcheux a dans certains cas un effet quasi miraculeux et la femme peut également être un lieu de rencontre bénéfique.

« Je m'en vais noter tout ceci car maintenant que j'y pense je trouve dans ces deux cas une coïncidence suspecte. Il me semble que nous ayons là l'exemple même d'utilisation, à des fins littéraires, de ragots de café. Mais qui aurait diffusé une telle information ? Et voilà bien les secrets viennois, tout le monde s'en repaît ! Ainsi le conseil du Dr. Chrobak, cet Arthur en aurait eu vent et se serait précipité pour en faire une nouvelle ?

« Mais comment en aurait-il eu vent ? Malgré mon étonnement je n'en avais parlé à personne, sauf à la dame bien sûr, en tout bien tout honneur, bien sûr. Alors qui a pu en parler ? La dame elle-même peut-être ? Au saut du lit peut-être ? Quant à Arthur il a survécu et l'a couchée sur le papier. Ou bien... non, rien. »

Il régnait un silence de fin de journée, il sentit une grande lassitude, une sorte de vertige et réalisa que depuis le matin il n'avait ni bu ni mangé ; cela arrivait lorsque Martha était absente et qu'aucun patient ne venait rythmer son temps.

Le timbre de la porte le fit sursauter. L'inconnu du matin était là, s'inclinant devant lui dans l'obscurité du palier :

— Il m'a chargé de vous prier de me remettre son chapeau. Il m'a également recommandé de ne pas me tromper afin de ne plus vous importuner.

Les chapeaux étaient sur la table, posés sur leur base, à la droite ou à la gauche l'un de l'autre. Lequel choisir ? Lequel ressemblait le plus à l'autre ? En fait il suffisait d'en mettre un sur sa tête, mais il recula devant le ridicule d'un tel geste. On pouvait aussi retourner le chapeau, ils avaient beau être identiques de l'extérieur, l'intérieur ne tromperait pas.

Mais étaient-ils identiques de l'extérieur ? Y a-t-il jamais identité totale ? Un double est-il jamais le double absolu de son double ? Il réfléchissait avec une telle intensité qu'il ne vit pas l'inconnu avancer la main, prendre sans hésitation l'un des chapeaux et se diriger vers la porte tout en le saluant avec déférence. Et, tout comme le matin, il demeura avec une phrase en suspens et la certitude de connaître cet homme, de l'avoir déjà rencontré dans un cadre analogue : une porte palière ouverte, une antichambre, l'homme s'écartant pour laisser passer une femme toute mince, tout emmitouflée de fourrure, puis saluant comme aujourd'hui et repartant sans un mot, ayant fixé sur Freud un regard que ne bordait aucun cil. C'était il y a longtemps, bien longtemps.

Dehors, la lumière avait changé et tout apparut un peu lointain, pris dans un halo. Il cligna des yeux, alluma la lampe verte posée sur son bureau, les objets retrouvèrent leur contour familier. La déesse Tanit ne souriait plus et le regardait à travers la longue fente de ses paupières. Il se souvint alors de celle qui la lui avait donnée et sentit dans le creux de sa main le contact vivant et tiède de la petite pierre de jaspe. Il se souvenait… mais ce qui se passait en ce moment était différent du souvenir : c'était comme si une présence, de tout temps impalpable, venait de resurgir : un parfum, le froissement d'un tissu et surtout beaucoup de silence. Et puis, leur dernier soir, le regard qu'elle lui jeta en partant, malicieux, perçant, et dans sa paume, le contact de la petite pierre qu'elle lui laissa en prenant congé…

C'était vers la fin de l'hiver, il faisait un temps humide et son bureau était surchauffé. Elle avait écarté ses fourrures, laissant entrevoir une robe échancrée, légère, finement brodée. Il s'était interdit d'y accorder trop d'attention et s'était concentré sur les broderies qui ornaient un tissu comme il n'en avait encore jamais vu.

Quand il avait décrit l'étoffe à Martha, lui demandant d'où elle pouvait bien provenir, celle-ci avait haussé les épaules et répondu, d'un ton agacé, que c'était *shmatès* de bazar. Et lui, sans bien y voir de rapport, avait pensé à Trieste, aux anguilles qu'il disséquait, aux femmes de là-bas avec leurs lèvres retroussées, leurs fichus asymétriques qui leur pendaient jusqu'au nez, à leurs fillettes maquillées, à ces lettres idiotes qu'il écrivait sur elles à son petit camarade Edouard. Bien sûr, ils avaient 20 ans à l'époque mais, en y songeant ce soir, il éprouvait une sorte de gêne, espérant qu'Edouard n'avait pas conservé ces lettres, souhaitant que personne jamais ne puisse les lire. C'était comme s'il se reprochait, après tant d'années, d'avoir fait, même par boutade, une confusion entre les anguilles hermaphrodites et toutes ces dames enceintes entrevues dans les ruelles de Muggia à propos desquelles il posait des questions faussement naïves.

« Comment se fait-il qu'elles fussent toutes enceintes en même temps ? Une question de marée, peut-être ? Ou bien comme les anguilles, séjournent-elles vraiment dans la vase ? *Je ne me suis pas donné la peine de vérifier si les femmes d'ici, peut-être sous l'influence de la faune marine, portent des fruits durant toute l'année ou seulement, toutes ensemble à certain moment. Toujours est-il que ne pouvant disséquer les humains leur physiologie m'échappe.* » Tout cela était plaisanterie et cependant il y avait au rendez-vous une inquiétude de mauvais aloi. Il la ressentait toujours.

Disséquer ! C'était ce que certains lui reprochaient : de disséquer l'âme. Son besoin de savoir était taraudant, il l'admettait volontiers. Cependant il y avait dans ce besoin quelque chose d'informulé, d'imprécis ne pouvant se poser que sous la forme d'une question. Mais s'il se demandait aujourd'hui de quelle question il s'agissait, il ne savait le dire. Ç'avait affaire avec la déesse Tanit, la tiédeur du jaspe, la féminité.

Il revit son regard lorsqu'elle entrait dans la pièce, il était là comme un barrage, une fermeture à toute réponse possible.

Les séances d'analyse avaient duré un hiver et elle n'avait pas proféré un mot. Jamais aucun son, aucune bribe de parole n'avaient rompu son silence et il se demandait encore pourquoi, avec une ponctualité sans faille, elle venait ainsi chaque soir s'étendre devant lui, croiser ses jolis pieds et se taire. Que voulait-elle ? Que cherchait-elle à lui faire voir tout enveloppée dans ses fourrures qu'elle ne quittait jamais ? Se rendait-elle compte avec quelle intensité il l'observait, guettant le moindre mouvement ? Parfois, un brin d'air passant sous la porte agitait une boucle de ses cheveux, parfois un bruit du dehors la faisait sursauter et c'était tout, vraiment tout. Et lui avait du mal à rester impassible.

Ce qu'il savait d'elle, ses origines, les silences qui la caractérisaient, la séduction qu'elle exerçait sur son entourage, il le tenait du correspondant qui la lui avait adressée. Celui-ci ajoutait que c'était une liseuse, une chimèreuse, toujours perdue dans un ailleurs, attendant on ne sait quoi. Une femme que son silence, son regard tantôt embrumé, tantôt attentif et plein de malice rendaient suspecte, ajoutant d'ailleurs à son charme. Il précisait qu'elle ne se déplaçait jamais sans un homme un peu hors du commun, serviteur ou secrétaire.

Et une fois de plus il la revit telle qu'à leur dernier rendez-vous, son regard brun, profond, comme pailleté d'une multitude de pépites d'or, l'esquisse de son sourire, le contact de sa main quand elle lui remit la statuette. Son serviteur l'attendait sur le seuil de la porte, s'effaçant pour la laisser passer.

Son serviteur ? Son secrétaire ? « Un homme un peu hors du commun. » Etait-ce le même que celui qui tout à l'heure lui avait remis le chapeau ? Le sien ? Celui de l'autre ? Absurde ! Le sien, bien sûr.

Mais qu'avait donc à faire avec le chapeau, les anguilles, le Double, cette patiente dont il ne pouvait rien sortir, rien obtenir… Non, pas plus qu'Irma elle n'aurait répondu…

Irma, toutefois, c'était en rêve. Il avait beau lui dire d'ouvrir grand la bouche, ce n'étaient que cavernes, aires de silence, membranes glauques et déchirées. Seulement dans un rêve, on peut faire ce qu'on veut, interroger jusqu'à épuisement, insister sans souci de bienséance, regarder au fond d'une gorge pour y lire le fin mot du secret. Tiens ! mais pour cela il eût fallu un laryngoscope ! Le laryngoscope du papa, bien sûr ! On racontait qu'il ne sortait jamais sans l'avoir placé sous son chapeau.

Encore le chapeau ! Mais pour ce qui était du laryngoscope, voilà une association à laquelle il n'avait pas songé en analysant son rêve. Décidément, aujourd'hui, tout le renvoyait à cette famille Schnitzler, la famille du Double, en somme. Double déplaisant, toujours inattendu, surgissant comme un diable d'une boîte. Et l'effet de surprise n'était jamais innocent : l'écriture vacillait, la langue fourchait, les actes manqués et les lapsus venaient très vite au rendez-vous.

Quel dommage ce réveil, quand même ! Il aurait dû dormir, continuer à rêver, entendre ce qu'elle allait lui dire cette Irma, ou cette Emma. Etait-elle sur le point de parler ? Il avait cru déceler des signes qui, même en rêve, ne trompent pas : une déglutition, la tête qui se propulse un peu en avant, les lèvres qui dessinent des O, des A. Enfin ! les rêves, parfois, vous conseillent d'ouvrir les yeux.

D'ailleurs il n'était pas le seul à se réveiller ainsi avant terme, tous les personnages de ce Schnitzler en faisaient autant. Anatole, par exemple, dans *Question au Destin*, hypnotise sa petite amie pour obtenir une réponse *vraie* et quand elle semble prête à lui répondre eh bien il la réveille. Pourquoi ? Drôlement autobiographique cette petite scène, aucun doute. Et aussi cette histoire du filtre qui permet de connaître la vérité sur le passé, sur le présent. Quand on en arrive à l'avenir c'est une autre affaire, il n'y a pas de réponse, la bien-aimée est morte.

Avenir, voilà un mot à ne pas prononcer, surtout à l'intérieur d'une question. Et toutes ces questions, à qui les pose-t-on ? Aux femmes, toujours aux femmes. Aux anguilles aussi peut-être ?

« Oui, pourquoi moi ? Qu'est-ce qu'il me veut ? » se demandait en ce temps-là l'anguille, encore tout étonnée d'avoir échappé au massacre.

Lovée au fond du baquet, elle avait assisté à l'extermination sauvage de ses semblables. Elle avait observé l'épuisette plonger régulièrement et ramener du baquet les corps soyeux et flexibles de toutes celles qui avaient parcouru avec elle le long chemin de l'Atlantique. Combien elle avait aimé ce voyage qui marquait la fin de ses incertitudes, de toute cette période où elle se demandait ce qu'il allait advenir de son jeune corps. Masculin ? Féminin ? C'était bien la question et voilà qu'un jour, insensiblement la nature décida : fécondée, habitée de projets, lourde de promesses, l'anguille s'en allait, insouciante, vers les grands courants prêts à accueillir les fruits de ses amours, de ses aventures si nombreuses et plaisantes. Venir de si loin pour se faire éventrer ! Comme elle était loin la mer des Sargasses où elle et ses compagnes s'étaient tant diverties, avaient tant joué, dansé, frayé dans les entrailles des grands bateaux : entrailles rouillées, gréements et voiles déchiquetés, mâts de misaine, écoutilles exquises. Qu'il était bon d'ondoyer parmi les coraux arborescents, les coquillages nacrés et toutes ces fleurs belles et carnivores ! Que l'amour était donc délicieux dans ce cimetière marin, que la vie était douce !

Elle soupira : « Non, décidément, le pauvre jeune homme aux gants de caoutchouc n'avait encore rien connu de pareil, le connaîtra-t-il, un jour ? » En se hissant un peu elle le voyait bien jeter de temps en temps un regard navré vers la fenêtre, celle qui, elle l'avait remarqué au cours de son transport, donnait sur le port. Le soleil brillait, la mer scintillait…

Enfin, le temps n'était pas à l'apitoiement, il s'agissait de sortir de ce vilain baquet. A travers l'eau noirâtre, elle pouvait apercevoir le jour décliner. Sa journée de travail achevée, le jeune homme partirait, arriveraient alors les préposés au nettoyage, ceux qui vident les seaux. Il suffirait de rester sans bouger, bien collée à la courbure de la paroi et de se laisser couler avec les eaux sales.

« O vagues de l'Adriatique, Brenta, vous verrai-je jamais ? »

« Qui parle ? Qu'est-ce que je raconte ? Où ai-je entendu ça, on dirait un poème.

En ce temps, la Brenta ne m'intéressait pas et je n'avais aucun goût pour les villas palladiennes. Alors d'où cela peut-il venir, ces trous de mémoire m'inquiètent ! Ce n'est tout de même pas dans le livre oublié, il m'a assez occupé l'esprit celui-là. Mais non, rien de tel dans *Le Golem*. Tiens, c'est intéressant, je me souviens soudain du titre ! »

Voilà, voilà, ça lui revenait. C'était à Muggia, il tombait un vilain crachin… Le bateau pour Trieste tardait à venir et il attendait dans un petit café. La lumière était glauque, le lieu sale, humide. Un homme s'assit en face de lui, et dans un allemand presque parfait, lui proposa une partie de dames. Quand la sirène mugit, annonçant le départ, Freud se leva si précipitamment que les pions roulèrent par terre.

— Vous êtes bien pressé de regagner la

mer, dit l'homme en riant, *O vagues de l'Adriatique, Brenta…*

En quelle langue celui-ci avait-il déclamé ? Et il revit le visage glabre, le regard dépouillé.

« Oui, un regard nu. »

« Mes associations vont trop vite, pensa-t-il, où est la chronologie ? Me voilà égaré à cause de ce maudit chapeau, de cette anguille, de la visite de cet inconnu dont le visage en fait surgir d'autres, tant d'autres, vus, imaginés, rêvés, qui en définitive me ramènent au point de départ. » Et ce fut vers sa lettre que revint sa pensée, sa lettre à Arthur Schnitzler :

> *... Je pense que je vous ai évité par une sorte de crainte de rencontrer mon double.*

Qu'y avait-il de vrai là-dedans ? Qu'est-ce que cela voulait dire ? Quelle croyance, quelle absurde superstition l'empêchait-elle de fréquenter son confrère, coreligionnaire, concitoyen, voisin de surcroît ? Est-il suffisant d'avoir les mêmes intérêts, les mêmes ennemis, la même vision de ce que l'on appelle prudemment la condition humaine, d'être la proie de certains hasards, de certaines coïncidences pour que se glisse en vous l'image du double, pour que se développe une telle aversion ? Elle était là cependant, déraisonnable, encombrante, rendant déplaisante la lecture des œuvres de Schnitzler, de ses nouvelles, de ses romans si talentueux, suscitant le rejet jusqu'à traiter l'auteur de mystificateur, de manipulateur.

« Mais qui manipule, qui mystifie, qui tend au lecteur un miroir dans lequel il hésite à se reconnaître… ? Qui est le Double ? Est-ce Arthur Schnitzler ou ses mots ? Ou encore ses personnages porteurs de ces mots, les siens, les miens, les nôtres ? Jusqu'où les mène-t-il, jusqu'où est-il maître de leurs actions ? Se pourrait-il qu'il les perde tandis que, hagards, ils sillonnent les villes dans leur course effrénée à la poursuite du Tout ? Se pourrait-il qu'il ignore ce que de lui-même il projette en eux ? C'est en cela qu'il est mon Double, mon inquiétant étranger.

« Et eux, ces hommes, ces rêveurs sans paupières, seraient-ils le reflet de ma propre ignorance, du rejet de cette chose inconnue qui m'habite, cette chose sans nom, cette chose sans mots : mon refus, ma peur panique de la mort, mon désir obscène de vivre éternellement ? Alors ? Qui présente le miroir ?

« Oh, un peu de répit, pourquoi ne pas laisser la parole aux miroirs, entendre ce qu'ils ont à dire, puis, négocier avec le reflet. »

Il alla à la fenêtre, l'ouvrit. Au bout de la rue il y avait le boulevard avec ses becs de gaz et leur couronne de lumière, ses arbres odorants, son appel.

Marcher éloigna les pensées pour un temps. Il se surprit à suivre du regard l'élégante silhouette d'une femme. Repensa aux quelques patientes qui l'avaient ému. Se présenta à nouveau le visage du messager, ou du serviteur, ou de l'inconnu :

« Comme ils me ressemblent ! » pensa-t-il soudain et il se mit à rire.

« Non ! Mon Double n'ignore rien, il est un visiteur lucide et assidu du royaume de l'ombre. Pour lui pas de malentendu face aux mystères de l'existence et du sexe. C'est une question toujours étrange et angoissante quand les mots qui la posent sont frappés d'austérité comme chez moi, mais pour lui, leur magie fait passer la pilule.

« Pourtant, nos muses respectives nous attirent sur les mêmes chemins, nous entraînent vers les mêmes profondeurs. Mais la mienne je l'ai tant domestiquée, tant civilisée qu'elle en est devenue méconnaissable. »

Une fois, cependant, et il y repensait avec une certaine nostalgie, il l'avait laissée parler de sa propre voix. Mais c'était alors une muse en partage, il l'avait empruntée à un autre et avait emboîté le pas de la renaissante *Gradiva* dont l'écrivain Jensen lui avait ouvert l'accès.

Etaient-ce l'idée d'immortalité du souvenir, la ville exhumée de ses cendres, le pas dansant et léger d'une ombre de jeune fille se promenant au soleil de midi dans les ruines de Pompéi qui l'avaient enchanté ? Résolution du délire grâce aux rêves et à la résurgence d'un souvenir d'enfance profondément enfoui. Immortalité des souvenirs refoulés. L'amour et la vie triomphant de la folie, autant de thèmes qui lui étaient chers. Et Gradiva, la jeune fille qui s'avance, fut le lieu où la Muse et les mots prirent quelque liberté.

Toutefois, quoi qu'on en dise, poétique ou austère, chaque mot prononcé pose une question sans réponse. Comment s'y résoudre ?

« En délirant dans le sillage d'une ombre. En interrogeant les anguilles, disait mon bon maître… En interrogeant les femmes, me disent mes rêves. En les interrogeant, sous hypnose, sous breuvage magique et même inanimées, disent les héros d'Arthur. Paradoxalement, les chanteuses, les prostituées font souvent l'affaire, les unes chantent, nous payons les autres pour qu'elles ne parlent pas.

« On ne veut rien savoir et on s'obstine, mon Double s'obstine et ceci malgré tout ce que ses personnages lui apprennent de la vanité de ce questionnement. Oui, il s'obstine quand il dit combien une certaine dame lui est nécessaire *pour parvenir à la vérité profonde de (sa) vision intérieure du monde. Cette femme et la mort révélatrices de la vie.*

« C'est bien ça, s'obstiner, explorer, creuser, disséquer pour trouver l'ombre bruissante et muette de quelque secret englouti. Faire rendre gorge (pauvre Irma !) à ces génitrices, ces préhistoriques conteuses des mystères du monde. Croyons-nous vraiment qu'elles détiennent le devenir de notre mortalité ? Sans doute et pas seulement les Anatole, les Florestan et autres dandys que mon éminent confrère met en scène. Il en est ainsi depuis toujours ! Elles ont toujours été un champ de manœuvre, d'étude, de fascination. Sans aller bien loin, en 1306, l'Italien Mondino a disséqué une femme. Paracelse, à son tour…

Comme c'est étrange tout ça, comme c'est étrange ! »

Il se surprit à penser aux anguilles, à revivre son sanglant labeur. C'étaient des pensées importunes, il les chassa d'un revers de main.

« Quelle anarchie, les idées tourbillonnent, se précipitent sans se suivre… et j'ai affaire à ça, vingt-quatre heures sur vingt-quatre… Oui, Paracelse, justement, médecin errant, alchimiste, chirurgien, a choisi un corps de femme pour ses investigations… Pour lui poser quelle question ? Arthur, évidemment, en a tiré une pièce. D'ailleurs, le dangereux, l'énigmatique corps féminin s'étale sur toutes les pages de son œuvre, même quand il n'est pas nommé tout l'évoque. »

"Les salles d'anatomie sont un théâtre rouge..."

« Elle est incongrue cette phrase, comment m'est-elle venue ? Paracelse, bien sûr et aussi cette fascinante et lancinante nouvelle de Schnitzler *Rien qu'un rêve*, qui m'a donné un bizarre sentiment de familiarité. Comme il jongle, comme il met bien en scène la guerre féroce que se livrent nos pulsions, la sexualité, la mort, la quête pour résoudre l'énigme de l'existence. Enigme dont une inconnue, dans ce récit, posséderait la clé.

« Retrouver l'inconnue, *la femme splendide dont au cours de la fête étrange la nudité l'avait ébloui.* »

Et Freud répète tout haut le passage, s'étonnant lui-même de s'en être souvenu.

La retrouver, obtenir d'elle le fin mot de l'histoire. C'est à cette vaine recherche que le héros se livre. Il retrouve la femme sur une table de morgue, ouverte à l'investigation, *ombre mystérieuse désormais sans objet.*

“Les salles d’anatomie sont un théâtre rouge…”

Voici Freud transporté des années en arrière. Il marche dans les rues de Florence à la recherche du musée de la Specola. Il vient de la Piazza della Signoria, il marche longtemps, traverse l’Arno…

« Schnitzler est-il jamais venu dans ces parages ? A-t-il vu ce qui se montrait là ? A-t-il pensé au savant Paracelse ? Sa pièce de théâtre est-elle née là ? »

Le musée est fermé, Freud agite le heurtoir. Le gardien, un vieillard coiffé d’un képi galonné, semble réticent à le faire visiter. Freud doit se présenter, décliner son identité, faire valoir sa qualité de médecin et son vif intérêt pour les cires anatomiques. Le gardien semble satisfait.

— *Dunque*… et il invite Freud à le suivre dans les étages.

Arrivés au second palier, il marque un temps d'arrêt devant une lourde porte et tout en se découvrant, énonce solennellement la règle :

— On ne peut pénétrer en ce lieu que le chapeau à la main.

Sitôt le seuil franchi, le gardien s'engage fièrement dans les allées. Tel un coq dans son poulailler, un sultan dans son harem, il fait les honneurs : les inconnues sont là dans leur cercueil de verre, belles, écartelées, indifférentes. Chevelure noire dénouée, perles baroques au cou, grands yeux lumineux, extatiques et figés. Qui les a moulées et qui fut le modèle ? Schnitzler a-t-il jamais vu ces poupées ?

Encore des questions ! Freud les écarta, oublia Florence.

A présent il traversait l'avenue et s'engageait dans les ruelles obscures qui conduisent vers le centre de Vienne. L'éclairage réduit, les façades éteintes ajoutaient à sa torpeur, à cette impression qu'il avait de flotter. L'absence de Martha et de Minna le remplissait d'une sorte d'exaltation, il se sentait en vacances. « La nuit est à moi », chantonna presque le professeur Freud. Il allait au hasard, suivait la brise légère, retrouvait l'odeur délicieuse du seringa.

Il longeait une rue bordée de jardins, on entendait ruisseler les fontaines. Parvenaient, par instants, quelques notes de piano égarées, égrainées. Il aimait le piano, ni voix ni paroles, on pouvait rêver. Il s'approcha d'une fenêtre ouverte : à la lueur bleue d'une lampe, une femme jouait et il sentit sourdre en lui toute sa tendresse inemployée. Lui revint en mémoire un très ancien souvenir : sa jeune mère nue à la lueur bleue des réverbères d'une gare, il avait quatre ans. Surtout ne pas mourir avant elle, ne pas lui infliger cette perte.

« Il est vrai que dans certains récits de Schnitzler ce sont souvent les femmes qui meurent, se dit-il. Donneuses de vie, donneuses de mort, elles se sacrifient pour racheter la vie de l'homme ou son honneur en danger. Autre version d'une mort pour une vie. »

Il avait quitté la place des Franciscains, dépassé l'église, traversé le Graben. Tournant dans une ruelle, il se trouva devant la maison blanche aux volets noirs où depuis longtemps Mozart errait.

Freud sentit ses jambes s'alourdir, sa tête se pencher. Son chapeau glissa.

« Encore ce chapeau ! » Et il le rattrapa.

Devant la maison il y avait une borne, de celles auxquelles on attache les chevaux, rien ne l'empêchait de s'y reposer. De nouveau s'entendirent des notes de musique, quelqu'un jouait la *Sonate en la*. Et de cette torpeur, du parfum de l'ombre, une présence se dégageait. Elle avait le sourire de la déesse Tanit, un teint de jaspe, des yeux de jais. « O Dieu, pensa-t-il, cette femme et la mort… Il faut dire quelque chose, poser une question » :

— Pourquoi dans cette chaleur portez-vous des fourrures ?

Aucun son ne vint, pas l'ébauche d'une parole, le visage déjà pâle prit un air résigné. Puis il vit une main comme surgie du mur, une main puissante qu'une intaille ornait…

— Réveillez-vous monsieur, il est interdit de dormir ici.

Le représentant de la loi, courtois et massif, se tenait devant lui, lui tendant son chapeau.

— Voici votre chapeau, il a roulé par terre et je répète, monsieur, vous devez circuler, il est interdit de dormir ici.

Mal éveillé, engourdi, Freud prit son chapeau, remercia l'officier de police et s'éloigna. Fallait-il qu'il fût fatigué pour s'être permis une telle négligence, s'endormir ainsi, en pleine rue, assis sur une borne et qui plus est : rêver !

Mais qu'avait-il rêvé ? Déjà s'estompaient les images, il se souvenait des fourrures, de la question qu'il avait posée, mais il y avait quelque chose de plus… une réponse ? Non, il n'y avait pas eu de réponse. Tandis que la fourrure se défaisait, s'effeuillait et que s'échappaient les petits animaux vivants qui la constituaient, une main, comme sortie de l'ombre, s'interposa, chassant toute présence, mettant à mal certains projets.

« Quels projets ? Voir ce qu'il y avait sous cette fourrure, sous cette robe échancrée à l'étrange broderie ? »

Etait-ce cela qu'il eût aimé revoir ? Certainement, mais ce n'était pas l'essentiel. Il se souvint avec effroi que lorsque les fourrures s'étaient éparpillées, ce ne fut ni chair ni poisson, les fourrures ne recouvraient rien. Les fourrures étaient vides.

Cette histoire de fourrures lui donnait un sentiment de déjà-vu : quelque peinture sans doute, quelque lecture ? Mais non, il y avait une impression de mouvement dans ce rêve, de vie qui s'en va, de vie qui s'échappe. Aucune angoisse pourtant, juste de l'étonnement devant ces petites bêtes, des rats musqués peut-être, qui courent. Ah, mais oui ! Le cirque de Moscou était venu à Freiberg.

Jacob, son père, l'y avait mené. Cependant au cirque, quand les petites bêtes s'étaient détachées, une forme féminine avait été dévoilée. Nue ? Peut-être pas… presque.

Avec la nuit, le froid descendait des montagnes. Il frissonna, se frotta les mains, rencontra l'intaille qu'il portait à l'annulaire droit.

« Et cette main ? Etait-ce celle de mon père qui m'interdisait de regarder ce qu'il y avait sous les fourrures ? »

« Il est interdit… » avait dit l'officier de police. Celui-ci avait été extrêmement poli, déférent, comme s'il savait à qui il avait affaire. « Voici votre chapeau. »

« Encore ce chapeau qui insiste ! »

Le chapeau de Jacob avait également roulé par terre. Un Oberleutnant lui avait ordonné grossièrement de le ramasser : « Juif, avait-il dit, ramasse ! » Jacob s'était penché, avait ramassé son chapeau et voilà.

« On n'en est plus tout à fait à cette époque ; aujourd'hui de pareils incidents ne se produiraient pas. Mais qui sait ? A entendre Schnitzler : *"Il nous faut toujours voir briller un poignard pour comprendre qu'un meurtre a eu lieu."*

« Dans le rêve, était-ce la main de mon père ? Non, c'était bien la mienne. C'est sur mon annulaire que se trouve l'intaille. Même si mon père en avait eu une, jamais elle n'eût porté la tête de Jupiter.

« Jacob a-t-il jamais été un Jupiter ? Lui, non, mais *l'idée Père*, certainement. D'ailleurs jamais le cirque de Moscou n'était venu à Freiberg et Jacob avait bien d'autres chats à fouetter. De toute façon j'étais bien trop petit pour qu'on m'emmène au cirque, deux, trois ans à peine, ensuite Jacob est parti, cherchant à nous établir ailleurs, un ailleurs où l'antisémitisme serait moins virulent, où l'on n'insulterait plus ses enfants à l'école. Mais le cirque, où était-ce alors ? Un autre rêve peut-être ? »

L'intaille portant en creux la tête de Jupiter était bien la sienne et il revoyait le jour où plein d'espoir et d'inquiétude il avait décidé de sacrifier sa collection et d'offrir une intaille à chacun de ses cinq disciples. Montée en anneau, elle consolidait leur alliance secrète, elle figurait le sceau du serment. Au moment de la remettre, il y eut un flottement : à qui donner Minerve, à qui Apollon ? Si Jung avait été là, c'est à lui que serait revenue cette dernière. Mais Jung était parti, insolent, téméraire, prônant une illusoire démocratie à l'intérieur du groupe. Maintenant qu'il y songeait Freud se disait qu'il y avait peut-être quelque vérité dans les reproches que Jung lui avait adressés. Mais, à cette époque il avait mal supporté les velléités d'indépendance de son dauphin, pas plus qu'il n'avait voulu discuter de leurs désaccords sur des points fondamentaux. Il se rendait compte, là, ce soir, errant dans ces rues, qu'une telle discussion aurait pu être fructueuse. Oui, ce soir, dans ces rues, il était plein de doutes, il avait du mal à s'expliquer ce qui s'était passé quelques heures plus tôt, du mal à comprendre comment il s'était forgé à lui-même cette affaire de Double. Peut-être lui était-il plus aimable de penser que seul un Double, un autre lui-même pouvait élaborer une même théorie que la sienne, parvenir aux mêmes conclusions.

Il repensa au temps des commencements, au temps où, entouré de ses cinq disciples, il posait les fondements de la psychanalyse, concentrant tous ses efforts à former des inconditionnels à sa pensée. Ils lui étaient dévoués corps et âme, frères ennemis portant l'anneau. Comment avait-il pu accepter une telle adulation ? Pourquoi les avait-il ainsi enchaînés ? Mais les retournements sont toujours possibles, la science était jeune, fragile, de toutes parts attaquée, il lui fallait cet amour, cette adhésion totale. Cela valait bien cinq intailles, un trou énorme à sa collection. Chacune était une assurance de plus, elle les liait indissolublement. La sienne portait la tête de Jupiter.

Il regarda autour de lui, quelle heure pouvait-il être ?

« Je ne me repère plus, se dit-il, ainsi ce matin, dans cette affaire de chapeau, j'ai placé un certain Schur à la table de jeu chez les von Bülow. Mais ce Schur, auquel j'attribue une carte blanche, je ne le connais pas encore, peut-être n'est-ce que plus tard qu'il apparaîtra dans ma vie, plus tard qu'il aura une carte blanche. Je confonds le présent et le non-advenu. »

Dans quelle rue était-il ? Où allait-il ? Où le menait cette déambulation ? Il n'allait pas se mettre en scène et jouer les romans de Schnitzler : errer au hasard, parler aux prostituées, aux noctambules, se faire piéger par des inconnus dans quelque fête de mauvais aloi ?

La cloche d'une église sonna trois coups :

« Moins le quart, mais moins le quart de quoi ? Et quelle église ? »

Il se dirigea vers un homme assis sur un banc pour s'informer. L'homme se leva, s'inclina :

— *Nou*, j'allais précisément demander même chose à vous. Plusieurs jours déjà, je n'ai pas regardé la montre, elle est arrêtée. Montre très ancienne, savez-vous, mécanisme très vieux.

L'inconnu le regarda avec sympathie et haussa les épaules :

— Heure pas très important, n'est-ce pas. Personne attend vous, certainement. Moi, personne. Absolument ! Je suis propriétaire montre arrêtée. J'attrape temps qui passe.

Il fit le geste d'attraper une mouche, salua et s'éloigna à reculons.

« Bon, pensa Freud, encore un étranger, mais pourquoi part-il à reculons ?

« Oh, c'est sans doute pour retenir le dernier instant, et moi qui lui ai demandé l'heure, j'y figure dans cet instant et me voici prisonnier d'une vignette. Comment en sortir ? Jamais il n'eût fallu m'adresser à lui. "Heure", évidemment, a été le mot de passe, le mot pour entrer dans son système à ce Russe, car c'en est un, il y a des façons de parler qui ne trompent pas. Mais si "heure" a été le mot pour entrer, avec quel mot vais-je sortir ?

« C'est insupportable, voilà que je raisonne comme les personnages de Schnitzler, ils savent pénétrer dans la toile d'araignée, mais pour s'en dégager c'est une autre affaire.

« Dans la vie aussi. Il suffit parfois d'un mot pour te précipiter dans le malheur, l'angoisse, l'idée fixe. On voit ça tous les jours et après, combien de semaines, de mois, d'années pour t'y retrouver.

« De quel côté est-il parti, cet étranger ? Bon, je prendrai l'autre direction. »

Et il nota avec plaisir que cet homme lui était parfaitement inconnu, que, contrairement au matin, aucun souvenir, aucun sentiment de déjà-vu ne s'y rattachait. Il ne pensait plus au maudit chapeau, ni au commissionnaire envoyé par le Double.

L'esprit libre ! Voilà, c'est ça !

Son pas était redevenu allègre, il regardait d'un œil nouveau cette ville qu'il n'aimait pas, qu'il n'avait jamais aimée. Coquette, délétère, toute de broc, d'artifices, elle lui parut soudain aimable. Les notes de musique, les senteurs printanières, tout le charmait, lui était amène. Il passait sans les voir devant les façades des maisons cossues, avec leurs murs massifs, leur balcons ostentatoires soutenus par des colosses, leurs stucs mamelus, leurs portes cochères cadenassées. Faux-semblant de respectabilité, elles étaient à l'image de ceux qu'elles abritaient, refermés sur eux-mêmes, gonflés d'importance, prudes et dépravés. Une société confite en dévotion, sourde, aveugle et masquée, qui pour tromper son angoisse se lançait dans une ronde frénétique tandis que sous ses pieds tout craquait, tout se fissurait et que son univers courait vers l'abîme.

Il le savait depuis des décennies, le vivait au quotidien, l'éprouvait chaque jour à travers sa pratique, mais cette nuit, cela ne le concernait pas. Cette nuit, de cette ville, il voulait le meilleur.

« C'est étonnant combien un pareil lieu a engendré d'hommes de talent. De femmes aussi d'ailleurs, qui exercent leur talent autrement. Elles mettent au monde, produisent la vie, le renouvellement de l'espèce. Est-ce à dire qu'elles sont pour autant les détentrices de la destinée humaine ? En quoi cela leur confère-t-il ce pouvoir exorbitant que leur prêtent les fables colportées : vaincre la mort, déjouer les ruses de l'existence, etc. ? Elles me restent un mystère, une terre étrangère, un arrière-pays.

« Mais, après tout, pourquoi n'y aurait-il pas en quelque lieu ignoré, éloigné, minuscule, une enclave où la vie se tricoterait à l'infini ? Où la Muse nous tramerait des œuvres immortelles ? Un arrière-pays féminin en somme, en chacun de nous ?

« Absurde ! Comme dirait ce Russe, à chacun selon ses hormones. Ce n'était pas la peine de disséquer quatre cents anguilles, pour l'oublier. Quatre cents moins une, pour être exact. Qu'est-elle devenue, celle-là ? »

Malgré son extrême fatigue il plaisantait avec lui-même, il était joyeux. Autour, la vie frémissait, pulsait. Il la sentait, il l'entendait et il songea sans honte à son désir de vivre éternellement. C'était là quelque chose qu'il ne s'était encore jamais avoué aussi fort, aussi clairement.

Les hauts murs de l'Hôpital Général avec ses fenêtres grillagées jetèrent une ombre sur sa gaieté, il fut replongé dans une humeur morose :

« Une prison, pensa-t-il, qui retient la vie derrière ses barreaux. »

Et, sans bien savoir comment, il franchit le porche et se retrouva, comme au temps de ses études, longeant des couloirs interminables, descendant par des escaliers humides jusqu'à une porte aux vitres dépolies à travers laquelle passait une faible lumière.

On parlait derrière la porte, il la poussa. Au fond de la salle de dissection deux hommes se tenaient de chaque côté d'une femme étendue sur la table.

« Que je le veuille ou non, se dit-il, je refais le périple du Florestan de Schnitzler. Dans sa nouvelle il y avait bien cette même femme ? Le même bassin galbé, les cuisses admirables et *"l'ombre mystérieuse désormais sans objet"*. »

Et il vit, ou crut voir, les lèvres s'entrouvrir, les paupières s'entrebâiller et le regard fixe et noir chercher le sien.

« Ce regard ! » Et la ressemblance le fit frissonner.

L'un des hommes, livide, silencieux, portant encore ses habits de soirée, paraissait sous le coup d'un immense étonnement. L'autre, revêtu de sa blouse de médecin, parlait avec précipitation, avait l'air d'expliquer :

— Ce n'est qu'en ouvrant, qu'on saura, disait-il.

— Qu'on saura quoi ? Pourquoi vous faut-il savoir à tout prix ? Je vous interdis, je ne permets pas… lui répondait son interlocuteur.

— La science l'exige, c'est la loi !

« Encore un imbécile qui ne sait pas ce qu'il cherche. » Et aussi doucement qu'il était entré, Freud sortit, reprit les escaliers, les couloirs et se retrouva dans la rue.

Il soupira, s'étira. Non, il n'avait pas rêvé, mais ce dont il était certain c'était que depuis le matin il était comme mû, porté, par une force incontrôlée. Pourquoi résister, c'était si rare cette légèreté. Demain, non, déjà aujourd'hui, dans quelques heures, Martha et Minna allaient revenir, la vie reprendrait son train quotidien et il songea avec une satisfaction mêlée d'ennui au repas qu'elles ne manqueraient pas de lui servir le soir. En fait, il avait faim, un bouillon aux *Knödel* serait le bienvenu.

Des *Knödel*, sa mère en préparait souvent autrefois. Il la revit en train de malaxer la pâte et repensa à ce jour où, pour lui expliquer le cours de notre destinée, elle avait frotté l'une contre l'autre les paumes de ses mains et lui avait fait voir les petites peaux noires qui s'en détachaient. Faits de terre, nous retournons à la terre, devait-il comprendre et lui, qui était encore petit, en retint que sa mère était bien savante et qu'elle avait les mains sales.

Non, pas de *Knödel*, il allait commander une choucroute avec des saucisses et des pieds de porc.

Mais où était-il ? Quelle heure était-il ? Il avait vraiment l'impression de tourner en rond. La nuit devait être avancée et il n'avait encore rien mangé. Il allait s'orienter, prendre pour repère la Roue dont il voyait au loin le halo lumineux. Il s'y dirigea, sûr de son fait, et se retrouva près du pont aux Lions.

Le Chapeau de monsieur Freud

Aux piliers du pont le Danube tourbillonnait, charriant les détritus.

« *Quand on pense qu'à la source ce n'est qu'un filet d'eau au robinet d'une cuisine !* » Ce dit d'un voyageur le fit rire, il riait chaque fois qu'il s'en souvenait et la bonne humeur revint.

« Il se passe quand même quelque chose d'incroyable : moi, Sigmund Freud, homme respectable, savant reconnu, je traîne par ces rues, la nuit, comme un vagabond, mais aussi comme si j'étais un voyageur dans ma propre ville. Et, c'est un comble, j'écris dans ma tête un roman dont les premières lignes m'ont été dictées par le chapeau de mon Double ! Mais bon, voilà une nouvelle expérience, elle me plaît ! »

Il revint sur ses pas, traversa la chaussée où passaient encore quelques fiacres tirés par des haridelles. Il tourna dans des rues inconnues, insalubres, mal famées. Toute la panoplie des quartiers misérables était là, étalée. Il fut accosté par des individus de tout genre, de tout sexe, insistants, graveleux. Il eut même à lever sa canne.

S'avançant vers le halo trompeur de la Roue, il s'engagea dans une avenue aux belles demeures décrépites. Devant une maison, apparemment inhabitée, il s'arrêta et fixa longuement l'une des hautes fenêtres.

Alors remonta un très lointain souvenir qu'il avait décidé d'oublier. Et avec le souvenir, une gêne, un léger remords, un vague regret.

Un soir, bien après l'interruption des séances, le serviteur, ou secrétaire, qui accompagnait la jeune patiente aux fourrures, était venu le chercher.

— Elle vous appelle, avait-il dit, sans autre préambule. Elle divague, elle ne sait plus où elle est.

Alarmé, Freud avait dérogé à ses principes et était parti vers ce quartier abandonné où, dans des immeubles autrefois luxueux, demeuraient encore quelques aristocrates impécunieux et fantasques. La route pour s'y rendre était longue mais il avait préféré marcher pour se donner le temps de réfléchir.

En fait de réflexion, une image s'était imposée : devant une grande cheminée où flambaient des bûches, la jeune femme était allongée sur un divan et lui souriait. Son visage était pâle, ses longs cheveux dénoués touchaient le sol.

Cette rêverie l'avait accompagné jusqu'à la porte de la maison. Il était prêt à monter quand son regard fut attiré par une fenêtre dont les rideaux étaient écartés. A cet instant, il s'en souvenait à présent, une nouvelle image vint compléter la précédente : dépassant de la couverture de martre, une petite mule bordée de cygne se balançait avec nonchalance à la pointe d'un pied.

Il avait senti sa gorge se nouer, une émotion l'envahir comme il n'en éprouvait plus, juvénile, impatiente et, simultanément, une bouffée de tristesse, une pitié dont il ne savait à qui elle s'adressait. Immobile, il fixait la fenêtre, essayant en vain de chasser la vision. Quand elle finit par s'estomper, il avait déjà rebroussé chemin.

Plus jamais il n'avait entendu parler de la jeune femme. Elle et son serviteur avaient dû quitter Vienne. Depuis, la certitude d'avoir commis une lourde erreur s'était imposée. Car rien, hormis son propre désir, ne pouvait laisser croire à un caprice, à une tentative de séduction de la part de sa patiente. Il avait troqué la réalité pour une scène créée par lui de toutes pièces. Il l'avait créée et il avait fui.

Mais peut-être l'erreur eût-elle été plus grave s'il s'était rendu auprès de la jeune femme avec l'image aussi présente en lui que si c'était « du vrai ». Peut-être alors, ne pouvant se maîtriser, aurait-il commis quelque faute irréparable, quelque acte manqué, un faux diagnostic ou une erreur de prescription.

Un nom surgit d'un lointain passé : Mathilde.

« Oui, mais quelle Mathilde ? Ma patiente morte, intoxiquée par ma faute ou ma fille sauvée par… une fraise. Le fait qu'elles portent le même nom a certainement joué un rôle dans cette tragédie. Tout s'était passé en même temps, dans une telle angoisse : ma patiente est morte, ma petite fille a vécu, grâce à une fraise ! »

Il revit le rouge du fruit, le jus qui en coulait, les petites graines râpeuses. Ce furent elles, ces petites graines, qui eurent raison de la diphtérie.

« Elles ont fait tousser la petite et la maudite membrane qui l'étouffait s'est arrachée, expulsée, éliminée comme par miracle. Je ne croyais pas que ce fût possible, je voyais ma petite fille perdue, puis ce fut comme une renaissance.

« Mais l'autre Mathilde a succombé à des doses trop souvent répétées de Sulfonal. On le considérait inoffensif. Ce fut son accumulation par ma faute qui se révéla mortelle.

Penis normalis
dosim repetatur.

« Pourquoi cette ordonnance du docteur Chrobak me revient-elle à l'esprit maintenant ? Aurais-je eu des sentiments trop tendres pour ma patiente au point de vouloir inconsciemment la voir disparaître ? Ne plus être tenté, ne pas risquer une faute professionnelle ? Etait-ce cela, l'idée de la faute professionnelle que je voulais éviter, qui m'a justement précipité à la commettre ? »

La patiente garda en elle le poison. La fillette cracha la chose mauvaise. Une mort pour une vie. Une Mathilde pour une Mathilde ! Y repensant après tant d'années, il se sentait toujours aussi accablé. L'interprétation qu'il donnait du drame ne le satisfaisait pas, il y avait des maillons manquants. Peut-être dans quelque temps, pas cette nuit, non, pas cette nuit, il saurait les retrouver.

« Quelle ironie ! N'en était-ce pas une que d'avoir vécu ce douloureux épisode dans un immeuble sinistrement nommé *Champ de l'Expiation* ? La petite Mathilde avait été le premier enfant à y naître. La psychanalyse, elle, y sortait de ses limbes.

« *Champ de l'Expiation !* »

« L'incendie du Ring Theater au cours duquel avaient péri des centaines de personnes a été une épouvantable catastrophe. Qu'on érige un bâtiment et même un immeuble d'habitation en mémoire, certes, mais de là à le baptiser ainsi !

« *Champ de l'Expiation !* Qui devait expier ? Les locataires, peut-être ! »

Freud savait que certains s'étaient étonnés qu'il choisisse pour établir sa famille et recevoir ses patients un lieu marqué par un tel désastre. Il comprenait leur étonnement mais, curieusement, ce bâtiment luxueux, d'une belle architecture, qui s'élevait sur les restes d'un brasier, lui apparaissait, tel Phénix renaissant de ses cendres, le signe même de la vie.

L'immeuble, depuis qu'ils l'avaient quitté, avait perdu de sa superbe, s'était dégradé, écaillé, et Freud constatait, lorsqu'il passait Theresienstrasse, qu'aucune lave n'était venue préserver de l'usure du temps le *Champ de l'Expiation*.

Au coin de la place, il y avait le Café Central et Freud avança vers les verrières éclairées. Une bonne odeur de cuisine venait à lui, aiguisait sa faim. Il traversa, poussa la porte tambour, pénétra dans la salle.

Des dîneurs attardés terminaient leur repas. Les serveurs préparaient déjà les tables pour le service du matin. Quelques prostituées, qui se tenaient près de la porte, lui adressèrent des clins d'œil, des roulements d'épaules suggestifs.

« Vénales certes, mais un joli sourire est toujours agréable. »

Il les salua d'un grand coup de chapeau et suivit le gérant qui, avec déférence, le mena à sa table.

Les salles en enfilade, se reflétant dans les miroirs, avec leurs colonnes, leurs plantes vertes, leur éclairage réduit, avaient la couleur d'une fin de nuit. Elles signifiaient à qui voulait comprendre que les serveurs étaient las, que les cuisines allaient fermer, qu'il n'était plus l'heure. Le maître d'hôtel, attentif et gourmé, n'y fit pas allusion et Freud sentit que son vœu de choucroute était près de se réaliser.

Il regarda autour de lui et vit, à une table dressée pour deux couverts, Arthur Schnitzler assis face à une chaise vide.

« Est-ce qu'il me voit, il semble attendre quelqu'un qui n'arrive pas. »

Schnitzler, en effet, paraissait impatient, consultait fréquemment sa montre, surveillait l'entrée.

« Qui peut-il attendre, qui n'est pas au rendez-vous ? »

Une femme sans aucun doute. Il y a près du couvert une rose dans un joli papier de soie. La dame de Méran, peut-être, la bonne hôtesse. Elle ne viendra pas, elle a raté le train du soir, ou alors c'est le mari qui s'est interposé, l'a empêchée de partir ? Ou encore une de ces jeunes chanteuses à la voix aigrelette ? Mais, en général ce sont elles qui attendent et puis, pour elles, la rose, c'est trop. Non, celle qui ne vient pas doit être sa maîtresse, « *cette femme et la mort...* » la belle, l'incomparable Adèle Sandrok. Poignardée au dernier acte, elle s'est relevée pour saluer. Huit rappels et son assassin la prend dans ses bras, la félicite. Bel homme, l'assassin : elle n'ira pas au rendez-vous.

Peut-être se raconte-t-il tout ça, Schnitzler ? Le voilà qui appelle le maître d'hôtel, fait retirer le deuxième couvert. Le maître d'hôtel a un air compréhensif, légèrement désapprobateur devant l'impolitesse faite à son client.

Celui-ci prend la rose, indique de la tête l'une des petites dames, celle qui porte une aigrette à son chapeau : qu'on lui donne la fleur, mais surtout qu'elle ne vienne pas le déranger. Il va dîner. Il commande son repas.

« Tout à l'heure, pensa Freud, j'irai le voir, pas maintenant, il doit être de méchante humeur. Un bon plat et un verre de tokay lui rendront sa civilité. »

La choucroute tant convoitée était devant lui, odorante, fumante. Affamé, absorbé, Freud perdit pendant un instant son Double de vue.

Mais non, mais non, il était toujours là. Que mangeait-il ? Pas du *Schnitzel* quand même ! Non, du gibier.

« Quelle bonne idée, je n'y avais pas

songé. Mais est-ce la saison, quel gibier mange-t-on au printemps ? Quand il en sera au café, je me présenterai à sa table. Alors enfin, nous parlerons. »

Freud commanda un café, alluma un cigare, et ce fut le bien-être, la félicité.

Détendu, plongé dans un état de torpeur agréable il essaya de se représenter sa journée.

Qu'il se soit promené n'avait rien d'extraordinaire, ni qu'il ait erré tard dans la nuit, ni même qu'il ait adressé la parole à des étrangers. Ce qui était moins acceptable était le climat dans lequel ces incidents s'étaient déroulés depuis le matin, depuis le retour de son chapeau. Avant que cet homme ne le lui rapporte, il s'était livré à des supputations bien légitimes. Mais ce fut ensuite, après la visite et la restitution du chapeau que tout avait basculé, que des idées pénibles s'étaient frayé leur chemin et que même des images terrifiantes lui avaient traversé l'esprit. Il pouvait en rire à présent que tout était à peu près dépassé, que cette longue déambulation lui avait peut-être permis, sans qu'il sache bien comment, de faire un certain ordre dans l'anarchie des idées, des souvenirs. Un certain ordre ! Quelle fadaise, il s'agissait bien de cela !

« A qui vais-je raconter cette aventure, car pour moi c'en est une ? Eh bien à lui, à mon ami le *Double inquiétant avant-coureur de la mort* ! Il n'y a que lui qui soit susceptible de comprendre. J'ai tant de choses à lui dire. Il me vient comme une affection pour lui. Que s'est-il donc passé, est-ce que j'ai moins peur ? L'âge peut-être, je m'attendris. Ça devient de l'eau de mélisse, cette histoire. »

Le cigare s'était éteint, il mit sa main dans sa poche pour prendre des allumettes et rencontra une enveloppe. Elle devait s'y trouver depuis la veille. En effet, avant de partir pour Bellevue, Minna était entrée dans son bureau et l'avait déposée sur le guéridon.

L'enveloppe avait été timbrée à Tiflis, il l'ouvrit :

Cher et honoré Professeur,

Je me rappelle à votre bon souvenir si toutefois il y demeure quelque trace de moi.

Je me nomme Agaton V. Koubansk et j'exerce à Tiflis où j'occupe une chaire en neuropsychiatrie. J'ai fréquenté en même temps que vous les séminaires de notre très respecté maître Charcot. Vous et moi nous sommes, je crois, pareillement rendus aux « jours fixes » de Madame, dans le faubourg Saint-Germain. Vous et moi nous y sommes pareillement ennuyés. Il nous est arrivé d'échanger quelques paroles, de faire quelques pas ensemble le long du boulevard ou dans les jardins de la Salpêtrière. Peu de chose, en fait nous avons peu de souvenirs communs et ce n'est point pour les évoquer que je vous écris mais pour vous dire à quel point j'ai été touché et plein d'admiration en lisant, dans sa traduction russe, votre travail sur la Gradiva *de Jensen. Il y a là, savez-vous, le meilleur de vous-même. Toute votre théorie s'y trouve exposée, tout votre travail à venir y est déjà annoncé et cela sous une forme, si je puis me permettre, presque ludique. On sent votre tendresse pour le roman de Jensen, votre plaisir à emboîter le pas de la jeune fille et de son ombre tandis qu'elles se déplacent au soleil de midi, dans les ruines exhumées de Pompéi. Il n'est pas besoin de bien vous connaître pour savoir l'importance que vous accordez à ce qui, dans les profondeurs, travaille à bas bruit et demande à être entendu. Dans la vie, semblez-vous dire, rien n'est jamais perdu, et s'il y a immortalité c'est bien celle du souvenir enseveli. Inoubliable oubli qui dort protégé par la lave, et dont Gradiva se fait l'écho. Et puis, il y a Zoé, l'amie des jeux d'enfance, celle des premiers émois drastiquement réprimés, Zoé la déchiffreuse d'énigmes et par la bouche de laquelle on pourrait croire que vous parlez. Mais, peut-être vous prête-t-elle aussi sa voix.*

Votre texte est d'une poésie et d'une sensualité auxquelles vos autres écrits ne m'avaient pas habitué. Peut-être vous sentiez-vous plus dégagé, plus libre en vous associant à la rêverie d'un autre. Peut-être vous sentiez-vous moins seul ayant pour porte-parole Zoé, grâce à laquelle la trace laissée par l'impression prend vie.

Quel bel écrivain vous êtes ! En ce point, je crois qu'il est temps de prendre congé, je deviens trop familier. Je vous souhaite santé, bonheur, succès et vous présente mon très cordial hommage.

Agaton Vassilievitch Koubansk

P.S. Et le pied ? Que dire du pied ?

A.V. K.

Freud relut la lettre et la remit dans sa poche.

« Bien ! Il va falloir répondre, mais qui est cet Agaton ? Ils ont des prénoms extraordinaires ces Russes, difficiles à porter quand ils vont à l'étranger. J'ai de lui un souvenir très vague, un type mal peigné, la cravate en bataille. Aux "*jours fixes*" se tenant de préférence près des boissons. Il n'empêche que ce qu'il m'écrit est fort pertinent. Il a perçu l'émotion. Dommage qu'il vive si loin.

« J'envie le jeune archéologue. J'aurais tant voulu interroger la terre, la creuser, la fouiller, lui faire restituer ce qu'elle sait, ce qu'elle retient de sanglots, de rires, de paroles étouffées. Enfin ! Je me suis orienté vers d'autres profondeurs.

« Toujours est-il que dans cette *Gradiva* de Jensen j'avais perçu comme un écho de mes propres pensées. C'est ça : intérêts, hypothèses, résultats, si proches des miens.

Les mots qui m'étaient venus à l'époque ressemblent beaucoup à ceux que j'ai écrits à Schnitzler. Mais Jensen, je ne l'ai jamais vécu comme mon Double ! Pourquoi ?

« Ni confrère, ni voisin, ni coreligionnaire, je ne le connaissais pas, je ne le situais pas, j'ignorais tout de ses qualités, de ses turpitudes. Aucune inquiétude, aucun malaise à la lecture de son œuvre, jamais je n'ai eu le sentiment d'être piégé ! Quant à ses héros, il était plaisant de s'identifier à eux, ils étaient bien sous tous rapports, comme on dit en français. Je crois surtout qu'à cette époque mon effroi devant la mort se jouait autrement. Tout ça reste un peu flou, cette agréable détente, cette bonne choucroute en sont certainement la cause. »

L'esprit sautant du coq-à-l'âne, Freud avait presque oublié l'existence de Schnitzler, quand soudain, il vit sur le mur du fond :

“Deux hommes assis face à face chacun tendant à l’autre un miroir dans un jeu de glace à l’infini.”

« Le voilà qui en est au café, il commande un verre de tokay… »

Il se leva et se dirigea vers son Double, l’écrivain célèbre, incidemment médecin. Il avait préparé sa phrase d’introduction, celle qui allait enfin amorcer le dialogue tant attendu.

Il s’approcha, Schnitzler leva vers lui ses yeux d’un bleu de glace.

Freud, déclinant l’offre de prendre place, resta debout et se pencha vers son interlocuteur. Ce qui vint alors ne ressemblait que de loin à ce qu’il souhaitait dire :

— Je voulais simplement, articula-t-il,

vous demander le nom de votre chapelier.

« Joli, pensa Schnitzler, très joli ! »

— Schön, répondit-il. Il s'appelle Schön, Arnolph Schön.

A.S.

Nata Minor
dans Le Livre de Poche

La Partie de dames n° 15408

Afanassi, un valet de chambre russe, raconte sa vie au service de celle qu'il appelle « Mademoiselle », au début du XXe siècle, à l'époque de la Révolution. Aventures tumultueuses qui les conduiront de Crimée à Paris en passant par Odessa, à la recherche très improbable de celui sur qui Mademoiselle a jeté son dévolu amoureux : Pierre Loti. Mais très vite, les histoires d'Afanassi rejoignent l'imaginaire de la narratrice. Dans un texte intitulé *Langue étrangère*, Nata Minor écrivait : « Qu'en est-il de ceux qui, tentant d'écrire dans une langue d'usage – pour eux, langue d'adoption –, s'acharnent à leur insu à trouver le mot juste qui reprendra en un seul son tout le suc des mots de la langue maternelle. Comme s'il s'agissait de restaurer, sur le terrain de leur scène quotidienne, le paysage d'une terre éloignée, d'une langue à présent oubliée ou déchue. »

Qui est là ? n° 30060

Des milliers de lecteurs ont savouré *La Partie de dames*, et se sont laissés entraîner dans un fascinant théâtre d'ombres où le vrai et le faux, la fiction et la mémoire, semblaient à tout instant se confondre ou changer de rôle. Nous retrouvons ici les protagonistes, dans une nouvelle configuration de jeu. Après avoir longuement évoqué la fantasque « Mademoiselle », héroïne de mille et un épisodes extravagants, qu'il a servie dans un autre temps, le vieux valet Afanassi choisit le silence. Comment la narratrice, qui se sent coupable de lui avoir volé ses mots et son récit, pourra-t-elle désormais en savoir davantage sur ce personnage, peut-être fictif depuis le début ? Et si la narratrice, loin de tirer comme elle le croit les ficelles de ses personnages, n'était jamais que leur serviteur, ou leur dupe ?

Du même auteur :

LE TEMPS DU CAVALIER, Éditions Régine Deforges.
LETTRE AU VOYAGEUR, Éditions des Femmes.
QUI A ÉCRIT MADAME SOLARIO, Éditions A.M. Métailié.
LA BELLE SAISON, Éditions A.M. Métailié.
VIENNE OU LE LIEU DES NAISSANCES, Éditions du Seuil (*in* ON TUE UN ENFANT *de Serge Leclaire*).
LA PARTIE DE DAMES, Éditions du Reflet.
QUI EST LÀ ?, Éditions du Reflet.

Traductions

Alexandre Pouchkine, EUGÈNE ONÉGUINE, Éditions du Seuil. (Prix Nelly Sachs 1991.)
Alexandre Pouchkine, ROUSSLAN ET LUDMILLA, *avec Léonid Minor*, Éditions Circé.
Alexandre Pouchkine, POLTAVE, LE CAVALIER DE BRONZE, *avec Léonid Minor*, Éditions des Syrtes.

Composition réalisée par P.C.A

Achevé d'imprimer en septembre 2006 en France sur Presse Offset par

BRODARD & TAUPIN

GROUPE CPI

La Flèche (Sarthe).
N° d'imprimeur : 37773 – N° d'éditeur : 75002
Dépôt légal 1re publication : octobre 2006
LIBRAIRIE GÉNÉRALE FRANÇAISE – 31, rue de Fleurus – 75278 Paris cedex 06.

31/1770/2